現代短歌クラシックス 12

乱反射

小島なお

目次

Ⅰ

Ⅱ

Ⅲ

I

目の奥の空

こころとは脳の内部にあるという倫理の先生の目の奥の空

春の夜の音楽室に昆虫のような無数の譜面台あり

講堂で賛美歌うたう友達のピアスの穴を後ろから見る

肋骨に蠟梅の花咲くごとし雨の匂いのあたたかき夜

シーラカンスの標本がある物理室いつも小さく耳鳴りがする

下じきをくにゃりくにゃりと鳴らしつつ前世の記憶よみがえる夜

細長い地下道ゆけば思い出す苦くて飲めぬ粉薬のこと

晩春はうたた寝の季　ゆるくゆるくバイオリンの音が聞こえる

しわしわの体やさしく寝る象の背中からすべり落ちるセレナーデ

西日差す部屋の窓辺に置かれある椅子は溶けゆく脚の方から

天井に水面が映り水の夢浸透圧に冒された昼

船という巨大鋼鉄とりまいて原生生物夜光虫浮く

乱反射

牛乳のあふれるような春の日に天に吸われる桜のおしべ

駐輪場の隅の桜は花びらをペダルに落とす風なき日暮れ

ギリシアの神話の裸婦を思わせて林の奥に美術館あり

ダリの眼に映る天地は狂気なり世界は澄みて「聖アントワーヌの誘惑」

たくさんの蟻群がれるその中に美青年なるダリの悲しみ

東京の空にぎんいろ飛行船　十七歳の夏が近づく

中間試験の自習時間の窓の外流れる雲あり流れぬ雲あり

はつなつの若楓のきらめきてその下通る人ら美し

エタノールの化学式書く先生の白衣にとどく青葉のかげり

講堂の渡り廊下に藤棚のこもれび揺れて午後がはじまる

なんとなく早足で過ぐ日差し濃く溜れる男子更衣室の前

五月闇ひとびとの肌仄白くその人々のまなざし遠し

黒髪を後ろで一つに束ねたるうなじのごとし今日の三日月

バス停やポストや電柱ひびき合い痛いくらいに夜は澄みゆく

海亀が重たきまぶた閉じるごと二つ雫のコンタクトはずす

むせかえるような匂いを放ちつつだんだん小さくなった石鹼

銀色に朽ちてゆく竹現れぬ祖父の入院聞いた今宵は

われのまだ幼き頃の思い出は紫陽花の花群れいる蒼さ

霧雨のあたたかく降る夜ふけてわたしの体かぐわしくなる

三階の一番隅の教室で英語の虹の詩を読む六月

かたつむりとつぶやくときのやさしさは腋下にかすか汗滲しむごとし

*

制服のわれの頭上に白雲は吹きあがりおり渋谷の空を

噴水に乱反射する光あり性愛をまだ知らないわたし

靴の白　自転車の銀　傘の赤　生なきものはあざやかである

やわらかく白い体をひるがえしゆっくり沈む水槽のエイ

ほの暗き水槽の壁にたくさんの吸盤つけて蛸、瞑想す

維管束もたぬ海藻ゆらめいて海のからだをひきよせている

妹が叱られている雨の午後こぼれ落ちゆくアロエの果肉

まだ染めぬ黒髪香る妹は首のうぶ毛をそよがせて寝る

曇り日の母の碧のワンピースぼんやりとして少しかなしい

手回しのオルガンまわすてのひらのなかいくたびも耳が咲(ひら)けり

日光を浴びることなく食われゆくホワイトアスパラガスあくまで白し

台風の目に入りたる青空に陶の艶帯びからすは光る

台風の過ぎたる今日は夏めきて教室のなか陽の斑がゆれる

たくさんの眼がみつめいる空間を静かにうごく柔道着の群れ

黒々と垂れるぶ厚い雲の下地（つち）より生える二本の鉄棒

特急の電車ぐわんとすぎるとき頭の中でワニが口開（あ）く

梅雨の夜は重たく赤く濡れている小さき球のさくらんぼ食む

生ぬるいシャワーを浴びて出でくれば雨ののちなる空潤えり

首長く夜空へ伸びてこっくりと満月を包むきりんのまぶた

母親に抱かれ静かになりし子の眼は深みどり深夜のバスに

はるかなる遊牧民のはるかなる歴史を思う人は孤独なり

ひと吹きの音遠くのび麦笛は太古の風の韻きとおもう

水面を揺らす金魚の淡き鰭ゆうべの時間あかあかとして

公園の電灯強き土の上花火のあとを甲虫這う

ベランダに風呂桶置いてめだか飼い知らないうちにいなくなった夏

深呼吸

講堂よりオルガンの音もれるとき秋はゆたかな深呼吸する

黄金虫あきのひかりをつややかな背中にあつめ草にしずみぬ

夕焼けの凝れるごとき林檎食む大泣きしたるあとの妹

ぼんやりと季節濃くなり傘がいるようないらないような雨の日

銀杏と雨のにおいにつつまれて高校最後の文化祭終わる

もう二度とこんなに多くのダンボールを切ることはない最後の文化祭

建物の隙間に見える夜の空わたしのからだ垂直に飛ぶ

ひっそりと鏡の中を影うごく冷たい雨の降る秋のあさ

雨すぎて黒く濡れたる電柱は魚族のひかり帯びて立ちおり

みずたまりに近づくたびに携帯（けいたい）電話のストラップの鈴ひびいていたり

木の枝をテニスラケットで揺らしては雫を落とす体育のあと

ふちのない眼鏡が割れるはかなさでステンドグラスのうつる階段

眼の裏にしろい陽の差す丘ありてそこに一つの時計台立つ

さっきから少し傾きバスを待つ母の真上に雲白く浮く

秋の蝶つばさ重たく過ぎしのち湯気のようなる空気のこれり

カーテンを通して入る十月の陽は風景を遠くしてゆく

屋上に干された男子の体育着まぶしくなれり秋晴れの今日

西日強く君の首すじ照らすころ青山通り歩いて帰る

やきそばを二人で食べた十月の上野公園ひるの三日月

飲食店のうらを通れば紺色のセーターに沁みるけむりのにおい

教室の机に書かれた落書きのピノキオひどく急いでいたり

階段をのぼると見える地平線一つの線で分けられる青

草むらに二人はかくれて見えなくて日は南中の時に近づく

まひるまの熱をゆらりと残しつつ秋のゆうべは水の気配す

木もわれも影ながくながく伸びるとき　細いまつげが映える夕焼け

なつかしい場所のようなる図書館へサマセット・モーム借りにゆく夕

みあげれば空いちめんのうろこ雲　秋は巨大な魚となりぬ

金木犀のにおいを浴びてのぼりゆく坂の上にははるかなる君

缶詰

くだものの缶詰あければ部屋中に明かり満ちゆく十二月です

ベランダで洗濯物を干しながら窓ごしに猫に話しかける母

この二冊の共通点は雨ですと西日の強い教室で言う

林檎という漢字になにか隠れてりんごになったり林檎になったり

オレンジのアロマキャンドル火を点し部屋もわたしも鳥籠のなか

水菜と銀河

水菜食みさらさらとわれは昇りゆく美しすぎる寒の銀河へ

引力をはぐくむごとくしんとありリビングの鉢のポインセチアは

三月の雪ガラスごしに吹き上がり音なき朝の円舞曲きく

卒業

遮断機が下りてふたたび開くまで球根のごとくひとりのわたし

隣家の犬にも春は訪れて鼻の頭がつやつやとする

冷えびえと机に椅子は載せられて卒業前の三年校舎

合唱の練習のとき制服のわれはピアノにもたれていたり

昼過ぎの日差しこもれる春のバス窓から見える桜十二本

卒業のわれのスカートに襟元にいぬふぐりの花咲くごとき春

鏡には十八歳のわれがいてわれは自分の脚ばかり見る

思い出はいつでも同じ風景でうさぎ小屋にはキャベツの匂い

おはじきをなめる子供は無表情　硝子の味はすごくさびしい

ぼんたんを砂糖で漬ける祖母がいていつもうなずく祖父がいるなり

＊

Ⅱ

傘を忘れる

大学で臨床心理習うときひざが冷えおり夏の雨ふる

暗闇に椅子置かれあり一脚の椅子であるという自意識もちて

なんとなくかなしくなりて夕暮れの世界の隅に傘を忘れる

朝だからきらめくものが多すぎて食卓のスプーンにくらくらとする

早足の君の呼吸が聞こえててそれから電話はいきなり切れた

夏空へ黙って階段のぼりゆく逆光まぶしくきみが見えない

ドイツ語の発音習えばみながみな同じ形の口をしている

語りつつ古典文学の先生は眼をつむりおり斜め上向き

つつじの花見ればなつかし　陽のにおい　われは重たきカメラとなりぬ

幾千の本眠りいる図書館の大空間でちいさく欠伸す

水鳥園閉まった柵からのぞきみる昼より美しい夜の白鳥

いろいろなやさしい気配に囲まれて真夜中のジブリ美術館あり

公園の池あふれだす月のよる鯉も二人も漂うひかり

日記には本当のことは書けなくて海の底までわが影落とす

水槽に熱帯魚一匹はなすとき夜中のタクシー走り去りゆく

切手の中の砂丘

パイナップル食べ終えた後のまぶしさよまあるい皿に五月のひかり

キャンパスの夏空高し傾いて見える気がするD棟へ行く

書きかけてやめた手紙を想うとき切手の中の砂丘をあるく

空に触れたり

ねがえりをうつたび耳は柔らかしとおくに聞こえる合唱の声

白パンにバターとジャムを塗ることが幸せである行為　はつなつ

九階の窓からわれを見下ろして手をふる母は空に触れたり

海に来ている

風見鶏日照雨（そばえ）に濡れてまわりおり少年の耳燃えている夏

プールサイドの腕をじりじりじり蟻のぼるその秒刻に夏が濃くなる

観覧車の向こうの夕焼けみつめいる君の髪を吹く七月の風

さみしくて貝のような息をして　瞼に君を閉じ込めてしまおう

立ちこぎのブランコこいでそのまんま額の上の大空に消ゆ

われもまた膝にちいさな泉あり膝で感じる夜の水深

白き陽をつむじに集め見えそうで見えない船のきらめきを見る

右足で左足を砂に埋めている。まだ少しさむい海にきている。

いつまでも雲は流れてゆくだけで夏の終わりはさみしすぎるね

蜩の声

じんじんと熱をとじこめ八月のかけらになったテニスボール

ああ空に入道雲湧く　Tシャツの形に日焼けしたわれの上

車窓から白き鉄橋みていれば大きなカモメ一羽飛び立つ

ゆらゆらとわたしに魚の影落ちて森のようなる水中トンネル

沈黙の多いきみとの電話では遠い蜩の声ばかりする

一面のはすの葉揺らす夏のかぜ陽炎みたいな世界にひとり

夏の曲口ずさみながら思い出す同じ映画を三度みた夏

秋の浮力

平泳ぎのようにすべてがゆっくりと流れゆくのみ秋の浮力に

猫の眼にかすかな水の気配して冷蔵庫には梨二つある

マンションの工事現場に響く音まっすぐのびて空を叩けり

ギプス

あおむけにねむる妹の右足のギプスのあたり陽は濃くたまる

妹のギプスま白し晴れの日のわれのギターに秋の香がする

地下鉄の人

冬の陽をまぶしいくらいに反射してりんと冷えおり朝の自転車

霧雨のなかグラウンドに立つ犬と老人　空をずっと見ている

回送の電車におかれたレモンティーの缶あざやかにわが前を過ぐ

住宅街の屋根は闇夜にひしめいてゆっくり月に向かってのびる

冬に観る春の映画は入浴剤入れたお風呂のけだるいやさしさ

なんでもない悩みに悩むわれつつみ映画のエンドロール流れる

はち植えの観葉植物かかえつつ深く眠れる地下鉄の人

人は皆胎児の頃の記憶にて海が好きであるという話

洗濯物を入れるひとりの日曜日やはり靴下が片方足りない

白い孤独

透明のビニール袋が九階の窓の外飛ぶ春嵐なり

豆乳を飲みつつ豆腐のどこまでも白い孤独を考えてみる

沈丁の花の香少し濃くなりぬ歩道橋の下の暗がり

空色のジーンズはいてとおり過ぐゆきやなぎの花群れ咲くそばを

妹が咳をしており暗闇にくちびる醒むる花冷えの夜

レンタルビデオ

言いかけたことばやっぱり言わなくていい、どしゃぶりの音がしている

延滞のレンタルビデオ返しにゆく曇天の空のむこうの街へ

デラウエアひとり食むとき水滴がひたりひたりと夜の腕つたう

最終の電車は不思議な匂いしてたとえば梅雨どきすぎた紫陽花

Ⅲ

小さき老眼鏡

鮮やかな黄色日差しを照りかえしそれゆえ孤独　ゆらりひまわり

ひとりみた夕焼けきれいすぎたから今日はメールを見ないで眠る

お祭りのざわめきのなか照らされる汗ばんだわれの暗きからだが

髪の毛をしきり気にするきみの背の高くて向こうの空が見えない

この場所にずっと前からいたようできみとねころぶ芝生がかゆい

きらきらと空に向かって水をまく子ども光の中に消えゆく

『ノルウエイの森』読み終えていま家にいるのがわたしだけでよかった

十代にもどることはもうできないがもどらなくていい　濃い夏の影

地下鉄に眠る少女の黒髪に陽のにおいして八月終わる

夕映えの部屋でしずかに燃えている母の小さき老眼鏡は

うつぶせにねむればきみの夢をみる夢でもきみはとおくをみてる

昨日の夜何を食べたか思い出すためにゆっくりまばたきをする

後頭部を午後のひかりに照らされて温水プールにひとり泳げり

もうあまり会わなくなったきみの傘も濡らしてますか今日の夕立

季節すぐ移り変わって冷蔵庫ひらけば深い静寂がある

坂道をのぼる間の沈黙に相手を深く想う夕暮れ

週一度ドイツ語の辞書を入れるとき急に重たし秋のかばんは

大学の廊下ひとりで歩きつつ自意識が強くなってゆきたり

コンビニで雑誌立ち読みしたるのち　高く飛びゆく秋の飛行機

何ひとつ知りすぎたことないままにわれは二十歳になってしまいぬ

いつの日か思い出せなくなるだろう　きみのてのひら　甘い秋の陽

死ぬということ

錆びついたらせん階段のぼりゆく晴れるわけでもない冬空へ

冷蔵庫の静かに響く電子音たぶん今夜は霧がでている

吐く息が白いかどうか確かめているうちにきみをまた思い出す

椿の葉陽を照りかえし照りかえしあまりに遠し死ぬということ

カン・ビンのごみを抱えてみあげれば今宵の月は船のようです

誰か弾く夜のギターに非常ドア鈍く共鳴している屋上

田島青果店

静かなる低きみどりの屋根ありぬ朝焼けの街の田島青果店

りんご嚙む音は雪嚙む音に似て北半球に雪は降り積む

早朝は南天の木に声ひびく見えない鳥の声ひびくとき

また爪の半月ほどの後悔をしてゆくだろうきっと明日も

時計店なかをのぞけばあまりにも小さな強がりこわれてしまう

ひげ

わが猫にとって初めての春がきてましろきひげはりんりんと張る

その場所を愛しつづけて公園のきんかんの実は重くなりゆく

ふきぬける突風のなかのぼりゆく春の地下鉄A3出口

焼きたてのクロワッサンがおすすめです窓のかがやく喫茶店の春

予定のない日曜の朝はけだるくて日差しの溜まるソファーにすわる

パソコン室

花びらを散らしつづける木の下で深呼吸すればつきぬける春

思いきりボールを投げる少年の野球帽の空高くなりゆく

ぶらんこのゆれいるような春くれば窓という窓きらきらとする

タクシーの車体をぐんぐん流れてく五月の空と雲とその影

幸せな季節たとえばいっせいにバスの〈降りる〉のボタンを鳴らす

水曜の一限静かにすぎてゆくパソコン室に差し込むひかり

百葉箱

将来の夢まだなくてきょうもまた学食で買う日替わりアイス

雷をとおくにきけば懐かしいような気がする雨がふるなり

陽炎のようにあじさい揺らめいて今日の夕日はゆっくり沈む

思い出す人あることの幸せは外側だけが減りゆく靴底

今週の金曜あたり梅雨入りと友の友から伝え聞きたり

去年とは確かに違う夏がきて赤い浴衣で飲むジンジャエール

過去のなき空間のごとく光りおり八月の朝のコンビニの中

まだ知らぬ世界があってただ今はわれのからだに夏満ち満ちる

ゆらゆらと陽炎のぼる線路沿い揺れる時間をとんぼ飛びゆく

合唱の声とおくから聞こえつつ百葉箱に降る夏の雨

ゆうやけの歌

ランドセルどれにも秋は艶めいて遠いチャイムのゆうやけの歌

この秋も金木犀は咲きはじむ雨ふるまえの水の気配に

金木犀雨にぬれいてやわらかし何度も何度も見たこの景色

ほしいものがありすぎて少しあきらめて落ちてる柿の数を数える

バスとバスすれちがいたる一瞬に十月の風は光ってみえる

関節を柔らかくしてゆくように猫と目覚めぬ東向きの部屋

樹の影もわたしの影もながくなり小さなことで泣けてくる秋

眠り

白き陽が体ぜんぶに染みてゆく片付け終えし学祭のあと

眠りとは音伴いていもうとはことんと深い眠りに落ちる

川沿いできみと話せば空高くとぎれとぎれにきこえくる声

すっぽりとタートルネックを着たわれはきみに気づかぬふりをしている

学食で栗味アイスを食べながら落葉の空を見る深い秋

雲一つなくすこし低いきょうの空薄くて青い硝子のごとし

夕暮れのピアノ音楽教室の看板灯り夜がはじまる

鈴

走りくるバイクの光、一瞬のかつ永遠のいまのまぶしさ

教科書にのってるようなオリオン座みつけたらそれは冬のうらがわ

ふりつづく雪のにおいのする夜をわれは思い出と共にあゆめり

なくさないように鍵につけた鈴いつまでもいつまでも鳴りやまぬ冬

雪の降る景色のなかを行く人は黙って行けり吐く息しろく

目薬をさしてしばらく無心なる唯物的存在のわたし

ついさっきついた嘘もう忘れゆく小さく遠い冬の太陽

破魔矢

「もうあけた」「まだあと一分」少しずついろんな場所であける新年

新年を待つ真夜中の神社にて全ての破魔矢は上向きに在る

たくさんの人がたくさんのお願いをしている真上　大きなる月

すぎてゆく時間のかたち新年の木の影のなかのわれの濃い影

この部屋に差しこむ冬陽くらくらといるはずの猫みつからない午後

冬の日の電車こまかく反射して駅のホームを美しく過ぐ

祖父

遠くよりきこえるような祖父の声たとえば森のあたたかい雪

ひだまりの窓辺に埃たまるごと祖父清らかに老いてゆきたり

友のO脚

この先の予定ばかりを考えて蛍光灯のあやしい光

駅前のポスターのなかの青年は生き生きとして空を仰げり

妹の眼鏡で試験勉強す鼻が重たくなりて眠れる

あした着る服のことばかり考えて鏡は夜の窓を映せり

朝とは始まりである膨らんだビニール袋線路に光る

読みかけの本もったままねむる昼遠浅のしろい海の夢みる

早春の気配きざせる風のなかまぶたは薄く透きとおりゆく

自転車をたちこぎしつつ走り去る半ズボンなる春の少年

マンホールのぞく闇夜の獣ありほうほうと声響かせている

大学受験おえし妹ほのじろく小さくなりて卵のごとし

予備校のビルの向こうに見えるもの乗りこした駅でみつめいる夜

春色のコートはおって別れ際すこしふりむく友のＯ脚

ポスト

晴れの日はなぜか静かにかなしくて変わらずにある四月のポスト

たとえばもしそんなことばかり妄想す電車の一番うしろの車両

友の話聞くふりしつつ深くぬるい春の憂鬱にわれは沈めり

あの子とは中くらいの距離をたもってた穏やかな春の残像のなか

お互いをまだ少ししか知らなくてきみとわたしを照らす太陽

水滴のしたたる傘をみな持ちてエレベーターは昇りゆくなり

水彩画のような一日

なにもないこともないけどなにもない或る水彩画のような一日

いまを愛せば

くるぶしに芝生の闇を漂わせ花火のあとの公園歩く

しょっぱくて少し湿ってやわらかい夏の呼吸を整えてゆく

変わりゆくいまを愛せばブラウスの袖から袖へ抜けるなつかぜ

いつのまに入ってきたのかてんとうむしトイレが少し華やかになる

それじゃあねバイクが走り去った後八月の夜はまだそこにある

低音でゆっくり話すきみの声アルペジオのように夏が昏れゆく

ゆらゆらとくらげふえゆくこの夏もビニール傘はなくなっている

関東に台風近づく朝八時友とふたりで黙ってあるく

あたたかい雨

薬屋の屋根をも濡らし生きているる世界をつつむあたたかい雨

あとがき

乱反射、光が凸凹のある面でさまざまな方向へ反射すること。

短歌を作りはじめたばかりの頃の、たのしいのに苦しい、はずかしいのに強気で、さみしいけれど親密な十代の時間をなつかしく思いだします。

めぐりの風景は鮮明に見えているのに、いちばん大切なものがぼんやりとしてフォーカスが当たらないような、変に明るい記憶の数々。そのすべての場面に二十年前の自分がいたことを不思議に、そしてたのもしく感じます。

同じ時間を生きているものたちの不思議な親しさ、なつかしさ。この歌集を出した頃に大切にしていた気持ちを、これからもながく大切にしていきたいです。

二〇二三年四月

小島なお

本書は『乱反射』（二〇〇七年、角川書店刊）を新装版として刊行するものです。

著者略歴

小島なお（こじま・なお）

一九八六年、東京生まれ。青山学院高等部在学中に短歌を作り始める。二〇〇四年、角川短歌賞受賞。歌集に『乱反射』（現代短歌新人賞、駿河梅花文学賞）、『サリンジャーは死んでしまった』、『展開図』。千葉聡との共著『短歌部、ただいま部員募集中！』（岩波書店）。日本女子大学講師。信濃毎日新聞歌壇選者。

現代短歌クラシックス12

歌集　乱反射

二〇二三年四月二十八日　第一刷発行
二〇二三年九月一日　第二刷発行

著　者——小島なお
発行者——田島安江
発行所——株式会社 書肆侃侃房（しょしかんかんぼう）
〒810-0041
福岡市中央区大名2-8-18-501
TEL 092-735-2802
FAX 092-735-2792
http://www.kankanbou.com　info@kankanbou.com

ブックデザイン——加藤賢策（LABORATORIES）
編　集——藤枝大
DTP——黒木留実
印刷・製本——亜細亜印刷株式会社

ISBN978-4-86385-574-8 C0092